KB043356

나에게로 가는 길

■■▪ 나에게로 가는 길

1판 1쇄 : 인쇄 2019년 10월 05일
1판 1쇄 : 발행 2019년 10월 10일

지은이 : 전예라
펴낸이 : 서동영
펴낸곳 : 서영출판사

출판등록 : 2010년 11월 26일 제 (25100-2010-000011호)
주소 : 서울특별시 마포구 월드컵로31길 62, 1층
전화 : 02-338-0117 팩스 : 02-338-7160
이메일 : sdy5608@hanmail.net

그 림 : 박덕은
디자인 : 이원경

ⓒ2019전예라 seo young printed in seoul korea
ISBN 978-89-97180-86-8 04810
ISBN 978-89-97180-00-4(set)

나에게로 가는 길

전예라 시집

전예라 시인의 첫 시집 출간을 축하하며

전예라 시인은 충청북도 제천에서 태어났다. 그녀는 어린 시절에 유교 정신으로 체화된 엄한 환경에서 자라났다. 방송통신대학교 중어중문학과, 원광대 한국어학과, 원광대 사회복지학과, 광주교육대학원 다문화학과 졸업의 학력을 소유한 그녀는 상경하여 서울에서 직장 생활을 하며 살다가, 2000년 초 순창으로 귀촌하였다.

종교에 대한 탐닉과 문학에 대한 사색의 즐거움은 그녀 인생의 내면을 지탱해 주는 원천이 되어 주었다.

2009년 순창군 다문화가족 지원센터와 인연을 맺게 된 그녀는 영농사업팀을 맡았다. 비록 방문지도사로 전이할 수밖에 없었지만, 나름 주어진 현실에 감사하며 긍정을 찾는 자신의 장점을 살려, 한국어 학습자들에게 좀 더 질 높은 교육 전달에 목표를 두고 꾸준한 배움의 끈을 놓지 않았다.

어떻게 하면 학습자들에게 '한국 생활의 친근한 적응에 목표를 두고 최대한 한국인들과 나란한 위치에서 정착할 수 있을까'를 늘 고민했다.

기초생활수급을 통해 세 자식들과 나란히 공부하며 살아

왔다. 뿐만 아니라 결혼 이민자를 가르치며 살았다. 여러 해 순창에서 집합 수업을 하면서, 평생교육사 과정에서 꿈 찾기 과정의 수업 프로그램을 미약하나마 이들에게 적용했다.

사회복지과를 전공한 그녀는 이주민 여성들의 열정을 끌어내어 순창에서 자립 생활을 하도록 도와주었다. 학습자들에게 각자에 맞는 의미 부여의 개인적 소통을 하며, 잠자는 활력을 되찾게 해주고, 동료들을 서로 독려하여 서로 시너지 효과를 얻어내도록 해주었고, 이들의 진정한 소통을 통해 동병상련의 마음을 통해 내면을 끌어내어 함께할 수 있도록 해주었다.

2009년부터 순창군 다문화 가족센터와의 집합 수업을 해오면서 우연한 계기로 2011년부터 담양군 다문화 가족지원센터와의 인연을 맺게 된 그녀는 체계적인 학습을 연구, 지원하고 이민자들의 가정을 통해 내면을 바로 볼 수 있는 방문과 집합, 동일한 대상자를 연계, 지도하여, 한국을 선택한 이방인들에게 안정적이고 올바른 한국 정착을 하도록 도와주었다.

그리하여, 해마다 거의 평균적으로 한 명씩 대학교에 입학시켜 왔다. 이들이 학교에서 한국인을 능가하는 월등한 성적을 거둘 수 있도록 물심양면으로 도움을 주고 있다. 그들 중 몇 명은 현재 간호조무사로, 한국어 강사 및 초, 중, 고등학교의 다문화교육 이해 강사 등으로 활동을 하고 있다.

또한, 대학을 가고 싶지만, 이주민 여성 자신의 모국에서

고등학교의 졸업장이 없으면 한국에서 대학 입학이 허용되지 않는 결혼이민자들을 위해 현재, 외국인 다문화 이주여성 검정고시 수업을 하고 있다.

그 결과, 2019년 초등학교 검정고시에 7명이나 합격시켰으며, 이들의 열정에 박차를 가해, 지금은 중학교 검정고시 과정(문과)에서 이민자 여성들과 함께 열정을 쏟고 있다.

이렇듯, 순창군 다문화가족지원센터, 담양군 다문화가족지원센터 한국어 강사이자, 순창군 문화관광 해설사 및 순창군 블로그 기자로 활발하게 활동하고 있다. 그러면서도 그녀는 틈나는 대로 문학 창작에도 열정을 쏟아내고 있다.

한실문예창작 싱그런 문학회와 온스런 문학회(지도 교수: 문학박사 박덕은)에서 꾸준히 창작 활동을 하면서 시, 시조, 수필, 수기, 유적지 기행문 등을 활발히 발표하고 있다.

월간지 〈문학공간〉 신인문학상 시 부문 당선, 화암 문학상 수상, 동서 문학상 수상, 샘터 문학상 수상 등으로 문단 데뷔도 하여 작가로서의 길을 성실히 걸어가고 있다.

지금까지 그녀의 창작 시가 무려 300여 편이 넘고 있다. 그중에서 100여 편이 선발되어 전예라 제1시집에 실리게 되었다.

자, 지금부터 전예라 시인의 시 세계로 여행을 떠나보기로 하자.

성큼 다가온 무음의 시간이

저만치 서서
내 안의 문양을 만지고 있다

표정 없는 기억으로
벽에 매달린 초침 소리에
휘청이는 거미줄 바라보며

시름 깔고 앉은 정적
흔들흔들
공허를 흔들어대고 있다

바람 겹던
그날 저녁
아련함 더듬다가

멎은 침묵 싣고서
실바람 벗 삼아 너울너울
저 허공에 떠 흐를 뿐.

- 〈우울증〉 전문

    이 시에서 시적 화자는 자꾸 고요 속으로 침잠하고 있다.
무음의 시간은 저만치 서 있고, 초침 소리에 휘청이는 거미
줄을 표정 없는 기억으로 바라보고 있고, 시름 깔고 앉은 정

적은 공허를 흔들어대고 있다. 시적 화자는 그날 저녁 아련함을 더듬다가 멎은 침묵 신고 실바람 따라 허공을 떠 흘러간다. 지독한 지루함, 깡마른 감성, 터질 듯한 답답함이 자리하고 있다. 추상의 세계에서 모호한 감성의 세계를 마치 피부로 느끼는 듯이 이미지로 그려놓고 있다. 시적 형상화 솜씨가 세련되어 있고, 추상의 구상화가 외로움과 우울증을 자연스럽게 연결시켜 놓고 있다. 마치 시인 자신의 과거를 한 자리에 축약시켜 놓은 듯하다.

때로는 진실이란 이름 내걸어
하늘을 본다

스치는 인연들 속에서
날아든 날 선 언어 한 조각
여민 심장 파르르 사래 친다

아직은 제자리를 찾지 못한 나를
감당할 수 없어
눈시울 촉촉해지는 밤

시린 겨울에 소스라치던
언젠가의 그 자화상을
찬찬히 들여다본다

짓눌림 녹아내린 수렁 딛고
고고히 피어나는 연꽃처럼
멍울거리는 가슴 열고
한 송이의 가시꽃 틔우기 위해

별빛마저 잠든 고요 덮고
눅눅한 마음 페이지를 넘기며
아픈 침묵을 꽈악 보듬는다.

- 〈가슴에 꽂힌 가시 하나에〉 전문

　이 시에서의 시적 화자는 아직 제자리를 찾지 못해 눈시울 촉촉이 적시며 밤을 맞이하고 있다. 진실이라는 이름 내걸어 하늘을 바라보는 순간, 스치는 인연들 속에서 날 선 언어 한 조각이 날아든다. 심장을 여미지만, 파르르 사래 친다. 그만큼 시리다. 시린 겨울에 소스라치던 그 시절의 자화상을 들여다본다. 찬찬히 보니, 절망적이지는 않다.

　짓눌림 녹아내린 수렁 딛고 고고히 피어나는 연꽃 같은 모습, 멍울거리는 가슴 열고, 한 송이 가시꽃 피우기 위해 애쓰고 있다. 별빛마저 잠든 고요 덮고 기다리는 인내의 모습, 눅눅한 마음의 페이지를 넘기며 아픈 침묵까지 꽈악 보듬고 있는 자아가 내려다보인다. 그제서야 시적 화자는 다소 마음을 놓는다.

　지난날의 인연들이 비록 아프고 시리고 눈물 나게 했지만,

그 지난날이 오히려 성장하게 했고, 좌절하지 않고 다시 가시꽃 한 송이 피우기 위해 오히려 아픈 침묵을 보듬고 달래는 자아를 만날 수 있어, 다소 위안이 된다. 여기서 전예라 시인은 자신의 어려웠던 시절을 토로하면서, 이를 슬기롭게 극복했던 자신을 대견히 여기고 있는 듯하다.

아버지의 헛기침 소리에 꽃등 내걸면
문풍지 사이로 숨죽이던 달빛
와르르 부서지고
옹기종기 칠 남매의 보금자리가
실눈을 뜬다

음메~
우리집 대들보 새벽 공기 울리면
사랑방 소죽솥 위로 허리 구부려
오동통 살찌우는 소리 두적두적
후끈한 뭉게구름 헤치며
큰오빤 설레는 어스름달을 삼켰지

타닥타닥
아궁이 속 사원 곳 찾아
방고래 쪽으로 사른 불길 몰아대며
달궈진 부지깽이 끝으로

검불 섞어 불꽃 세우는 울엄마 꽃손

진흙에 버무려진 몸뻬바지처럼
마루 끝에 아무렇게나 놓여진
품앗이의 흔적들

주섬주섬 대야에 담아
개울가로 종종걸음치던
풋내기 소녀의 뒷모습에
빙그레 미소 짓던 울엄마

새순 틔우던 봄 향기가 뛰놀고
아픈 눈물 씻어 주던 우물이 있던 곳

빈 수레 채우기 위한 물욕의 높이가
커져만 가는 애석함 토닥거리며
그리움 한 조각 꿀꺽 삼켰다.

- 〈향수〉 전문

이 시에서의 시적 화자는 어릴 적 고향으로 달리고 있다.
아버지의 아침 헛기침 소리에 칠 남매가 보금자리에서 실
눈을 뜨던 기억, 그때 달빛은 문풍지 사이로 숨죽였다 와르
르 부서졌고, 사랑방 소죽솥 끓이는 소리 들렸고, 큰오빠는

설레는 달을 삼켰다. 또 엄마는 방고래 쪽으로 불길 몰아대며 부지깽이로 불꽃 세우던 모습, 마루 끝엔 진흙 묻은 몸빼바지처럼 아무렇게나 놓여진 품앗이의 흔적들, 풋내기 소녀는 빨랫감을 대야에 담아 개울가로 종종걸음치던 모습, 봄 향기가 뛰놀고 눈물 씻어 주던 우물, 커져 가는 물욕을 애써 짓누르며 그리움 한 조각 삼키던 내면 등이 마치 그림처럼 선명히 그려지고 있다.

이미지 구현이 아주 잘 된 시를 써내는 솜씨가 남다르다. 무엇보다도 청각 이미지(헛기침 소리, 와르르, 새벽 공기 울리면, 살 찌우는 소리, 두적두적, 종종걸음치던, 토닥거리며, 꿀꺽)와 시각 이미지(꽃등 내걸면, 실눈, 대들보, 사랑방 소죽솥, 뭉게구름, 어스름달, 불길, 달궈진 부지깽이, 불꽃, 대야, 개울가, 소녀의 뒷모습)와 기관감각 이미지(숨죽이던 달빛, 삼켰다)와 후각 이미지(새순 틔우던 봄 향기)의 조화로움과 그 어울림이 향수에 대한 아련한 그리움을 더욱 북돋워 주고 있다.

휘어지는 바람
옷깃에
서성일 때도

달빛을 낮달 삼아
품앗이를 해야만
했을 때도

늦은 저녁,

돋보기 너머로

희미한 불빛 바느질하며

저 멀리

걸어오는 새봄을

애써 삼켜야 했던 당신.

- 〈어머니·2〉 전문

    이 시에서의 시적 화자는 어머니를 회상하고 있다.

    휘어지는 바람이 옷깃에 서성일 때나, 달빛 아래 품앗이를 할 때나, 늦은 저녁 돋보기 너머로 희미한 불빛 바느질 할 때도, 그리고 저 멀리 걸어오는 새봄을 애써 삼키며 살아온 어머니, 그 어머니를 가슴에 새기고 있다. 마치 자신의 삶인 양 어머니의 삶을 다소곳이 안아 주는 모습에서 독자는 감동을 받는다.

    바람이 휘어지고, 달빛을 낮달 삼고, 불빛을 바느질하고, 새봄을 애써 삼킨다는 표현으로 어머니의 삶을 시적 형상화해 놓은 솜씨가 남다르다. 시의 특질에 보다 더 가까이 다가가 시를 다루는 시인의 모습에서 시를 대하는 행복감을 만나 볼 수 있다.

    순정의 너울 쓰고

해맑은 영혼으로
다가온 당신

언젠가의
거친 몸부림으로부터
타들어 가는 시간 품고서

빛바랜 향방 찾아
꿈마저
저당 잡힌 채

시린 겨울로
하얀 밤길
거닐고 있는 사람

남겨진 향취들로
덕지덕지
얇은 모퉁이 기워 가며

새빛 틔우듯
처음처럼
속삭이고픈 사람아.

- 〈어떤 독백〉 전문

이 시에서의 시적 화자는 당신에 대한 추억을 이미지로 펼치고 있다.

순정의 너울 쓰고 해맑은 영혼으로 다가오고, 거친 몸부림으로부터 타들어 가는 시간 품고, 빛바랜 향방 찾아 꿈조차도 저당 잡힌 채, 시린 겨울 하얀 밤길 걸어, 남겨진 향취들로 모퉁이 기워 가는 사람, 난생처음 새빛 틔우듯 속삭이고픈 사람, 바로 시적 화자 자신이 그리던 당신.

어쩌면 첫사랑일지도 모를 당신, 자신의 이상형인 듯한 당신, 그 당신에게 안겨 모든 인생사를 토로하고 싶은 듯하다. 모처럼 운명처럼 찾아온 당신 앞에 이때까지 못해 본 사랑고백을 하고 싶은 걸까.

시적 형상화를 통해 시적 화자의 내면을 보드랍게 열어 놓고, 감성의 파노라마 속으로 성큼성큼 걸어 들어가는 듯하다.

촉각 이미지(시린)와 후각 이미지(향취들)와 청각 이미지(속삭이고픈)와 시각 이미지(순정의 너울, 타들어 가는 시간, 하얀 밤길, 덕지덕지, 얇은 모퉁이, 새빛)의 입체적 배치와 그 공간이 시적 화자의 섬세한 감성을 더욱 도드라지게 하고 있다.

희끗 새어 나오는 불빛 앞에
애잔함 끌어다 놓고
낯선 빗장을 빠끔히 열었다

저미는 마음
밀물처럼 달려들어
놀란 가슴 훑어내린다

침묵의 소리만큼
차오르는 애틋함으로
하나가 되어버리는 순간

옹이진 시간
와락
보듬는다.

- 〈병문안〉 전문

이 시에서의 시적 화자는 병문안 그때를 회상하고 있다.
그때의 감성을 이미지로 수채화처럼 그려내고 있다.

희끗 새어 나오는 불빛과 애잔함 앞에서 낯선 빗장을 연
다. 저미는 마음이 밀려와 가슴 훑는다. 침묵의 소리만큼 애
틋함이 차오르는 순간 환자와 하나가 되어버린다. 그동안
맺혀 있던 옹이진 시간끼리 와락 보듬는다. 오래도록 서로
서운했던 감성도 비로소 해소된 듯하다.

사람의 복잡미묘한 감성을 이렇듯 선명히 이미지로 빚어
낼 수 있다는 게 바로 시의 묘미가 아닐까. 인간의 감성은 생
각처럼 그리 단순하지가 않다. 칼럼이나 서술로는 도저히

표현하기 어려운 그 감성을 시는 이렇게 피부로 느낄 수 있도록 그려낼 수 있는 것이다. 이게 바로 시가 이 땅에서 존재하는 이유가 아닐까.

봄꽃
나

꽃 중의 꽃
너.

- 〈연애의 시작〉 전문

이 짧은 시에서의 시적 화자는 사랑하는 사람을 만나 연애를 하고 있다. 그 눈에 비친 사물들은 예전과는 다르다. 특히 연인은 꽃으로 보인다. 더불어 자신도 꽃으로 느껴진다. 그것도 봄꽃이다. 추웠고 지루했고 따분했던 지난 겨울과는 차원이 다른 봄에 피어난 꽃이다. 그런 봄꽃인 시적 화자가 사랑하고 아끼는 애인은 꽃 중의 꽃이다. 더 이상 무슨 말이 필요하겠는가. 마치 장 콕토의 시를 만나는 듯하다.

요즘 디카시들이 독자들의 사랑을 듬뿍 받고 있다. 어쩌면 앞으로 스마트폰과 함께 성장하고 열매를 맺게 될 디카시가 기대가 된다. 긴 시와는 또 다른 매력을 지니고 있는 디카시로 가는 길목에 이 시 〈연애의 시작〉은 바로 새 문학 장르의 새 지평을 알리는 듯하다.

전예라 시인의 첫 시집 출간을 축하하며

파릇파릇한 전율이
날숨 쉬기도 전에

찬바람 먹고 피워낸
서러운 설렘

꾹
꾹
뭉개어 짓눌리다

뼛속 갈피마다 스미는
아픔 슬어 안은 채

동그랗게 웃음 짓는
꿈 한 송이.

- 〈민들레〉 전문

    이 시에서의 시적 화자는 민들레를 내려다보고 있다. 파릇파릇한 전율이 날숨 쉬기도 전에 찬바람 먹고 피워낸 설렘, 그것도 서러운 설렘으로 보이는 민들레, 아름다운 시선이요 멋스런 해석이다. 꾹꾹 뭉개어 짓눌리다 뼛속 갈피마다 스미는 아픔 슬어 안은 채, 그러한 역경과 시련을 이겨내고 동그랗게 웃음 짓는 꿈 한 송이가 바로 민들레라는 것이다.

그 눈길이 부럽다. 그 해석이 싱그럽다. 그 마음이 멋스럽다. 지나가다 문득 마주친 들꽃 한 송이로도 이렇듯 신비로움을 만날 수 있게 해주는 시 세계, 이게 우리 인간들에게 그얼마나 소중한 것인가.

요즘 한국 정치계뿐만 아니라 세계 정치계에서 부족한 게바로 이러한 신비로움 아닐까. 인간이 위대한 건 뭘까. 짐승같은 야욕과는 차원이 다른 바로 이 신비로움, 길가의 한 송이 민들레에게 향하는 이 따스한 마음, 이 섬세한 감성, 이싱그런 해석 등을 소유할 수 있어서, 인간은 위대한 존재가아닐까.

커다란 입을 열고
빵빵하게 먹어대던 푸른 열기가
담벼락의 그림자로 야울거릴 때쯤
휑하게 식어 버린 휑한 여운처럼

텅텅 비워 버린 채
차라리 아무도 몰래 가두고픈
앙상한 몸부림.

-〈항아리〉 전문

이 시에서의 시적 화자는 항아리를 새롭게 해석하고 있다.
커다란 입을 열고 빵빵하게 먹어대던 푸른 열기, 그 열기가 담벼락의 그림자로 야울거릴 때쯤, 횅하게 식어 버린 횅한 여운을 만난다. 그 여운처럼 텅텅 비워 버린 채 아무도 몰래 가두고 싶은 앙상한 몸부림, 이게 항아리라고 여기고 있다. 같은 항아리인데, 이 시인에게는 하나의 사색 공간이 되고 있고, 철학의 터가 되고 있다. 그렇지만, 철학적 용어를 동원하지 않고, 단순한 서술로 표현하지 않고, 이미지와 상징으로 표현해 내는 솜씨, 이게 바로 시가 다른 장르와는 다른 점이 아닐까.

그런데도, 철학이나 종교나 칼럼이나 과학보다도 훨씬 더 빨리, 번개보다 더 잽싸게 인간의 감성 속으로 파고드는 저 의미, 저 상징, 이게 바로 시가 아닐까. 전예라 시인의 여생이 더욱 기대되는 건, 이처럼 시의 특질을 잘 이해하고 묵묵히 구현하고 있기 때문은 아닐까.

컴컴한 침묵 속에서
구름길 비집고 달리는 달의 속도처럼
황급히 팽창되는 나를 느끼던 그 날
맑은 하늘에 내린 소낙비처럼
메마름 위로 쏟아진
그 환희의 진통
음표 단 음률을 타며
가느다란 돌기까지 스며드는
그 너울거림의 추임새

빽빽하게 빠져 버린 물소리에

황홀함으로 숙성되어 갔다

똑똑 떨어지는 은은한 여운

그 촉촉한 기운은

기지개 펴듯 꽃발 세워

쭉쭉 키 늘리며

이웃과 어깨동무하고서

오직 한 길 향해

가슴에서 가슴으로

한 방울의 온기까지 나누며

촘촘히 차오르는 호흡

그 이정표를 세운다

검은 하늘 열어젖히는 그 날까지.

- 〈콩나물콩〉 전문

화암문학상 수장작인 이 시의 시적 화자는 콩나물콩을 자기 인생처럼 바라보고 있다.

컴컴한 침묵 속에서 살아야 했던 지난날, 그럼에도 불구하고 구름길 비집고 달려왔다. 어느 날 팽창되는 자아, 메마름의 고독 위로 쏟아진 환희의 진통, 음표 단 음률 타며 빠져 버린 물소리에 황홀함으로 숙성되어 온 삶, 똑똑 떨어지는 은은한 여운 속의 여백, 그 촉촉한 기운은 마침내 기지개 펴듯 꽃발 세워 쭉쭉 삶의 성숙, 그 키를 키우고 늘렸다.

전예라 시인의 첫 시집 출간을 축하하며

그때서야 비로소 이웃이 보이기 시작했고, 가슴끼리의 온기도 느낄 수 있었다. 뿐만 아니라 나아갈 방향의 이정표도 세울 수 있었다. 여태껏 덮고 있던 답답한 현실, 막막한 인생길, 검은 하늘을 활짝 열어젖히는 그 날까지, 결코 주저앉아 있지 않고 당당히 앞으로 향해 나아갈 것이다. 흐트러짐도 없이, 방황함도 없이 전진해 나갈 것이다. 이제는 이정표를 세워 뒀으니까. 또 어깨동무하고 같이 가는 이웃이 있으니까, 가슴에서 가슴으로 나누는 교감의 온기도 있으니까. 이제는 외롭지 않다. 홀로가 아니라 함께하니까. 전예라 시인의 인생 전반과 후반을 가르는 듯한 이 시의 의미가 예사롭지 않게 다가온다.

지금까지 전예라 시인의 시 세계를 대충 탐구해 봤다. 무엇보다도 시의 특질에 기반을 두고 시적 형상화와 이미지 구현을 해나가는 노력이 엿보여, 보기 좋다. 또한 독자에게 억지스럽지 않게 자연스럽게 소롯이 다가가 감동을 준다.

전예라 시인에게 있어서, 시는 생각만 해도 빵빵 터지는 설렘이다. 살아온 가운데 겪은 외로움, 고독, 슬픔, 웅얼임, 기쁨 등이 용해, 승화되어 시로 표출되고 있는 것이다. 어느덧 시는 전예라 시인의 진정한 동반자가 되고 있고, 고난의 길과 벼랑길을 거뜬히 넘게 해주는 손길이 되고 있다. 그리고, 시가 가져다주는 진정한 의미, 사랑법, 여유, 그리고 여백 등이 그녀가 아끼는 사랑의 대상이 되고 있다.

이제 시작이다. 지금 전예라 시인은 문화관광 해설사로서, 시인으로서, 또 소설가로서 유적지 탐방 시리즈, 종교 탐방 시리즈, 시 세계로의 탐방 시리즈, 수필과 소설과 동화에의 탐방 시리즈 등을 개척해 나가고 있다.

　　그녀가 다다를 창작의 끝이 어디인지 지금은 아무도 모른다. 그저 경이의 눈으로 마냥 지켜볼 뿐이다. 이 시대에 이렇듯 멋스럽고 깊이 있고 열정적인 작가를 우리 곁에 두고 있다는 게 그저 자랑스러울 뿐이다. 부디, 건투를 빈다.

　　　　－ 선선한 가을바람이 행복 나팔을 불고 있는 날 아침에

　　　　　한실문예창작 지도 교수 박덕은 시인

　　　　　　(문학박사, 전전남대 교수, 소설가, 문학평론가, 박덕은 예술관 관장)

시집을 펴내며

나에게 있어 詩란
생각만 해도 빵빵해지는
그저 설레이는 한마디입니다.

나에게 있어서 詩는
외로움도 고독도
시의 그릇에 곱게 담아
가슴속 웅얼임까지
기쁨으로 승화시켜 주는
오롯한 동반자였습니다.

가파른 언덕길을 오를 때도
깎아지른 듯한 벼랑길을 넘어야 했을 때도
두 손 꼭 잡고 함께해 왔던 사연들
한순간 한순간들이 시어가 되어
이 세상에 펼쳐진다고 생각하니
부끄럽기도 하고 울컥 설레이기도 합니다.

詩를 통해 기다림의 진정한 의미를 배웠고,
詩를 통해 표현할 수 있는 사랑법을 익혔고,
詩를 통해 누려야 할 여유를 터득한 것 같습니다.
詩를 통해 이렇게 값진 삶을 살 수 있도록 이끌어 주신
한실문예창작 지도 교수 박덕은 문학박사님께
진심으로 감사를 드립니다.

또한, 아픈 길을 걸어오면서도
늘 밝은 생각 잃지 않고 살아내는
우리 태겸이, 다원이, 지환이 나의 아린 사랑들에게
이 자리를 빌어 진심으로 사랑한다는 마음 전하고 싶습니다.

부족한 저에게 아낌없는 칭찬과 격려를 보내준
온스런 문학회, 매운향 문학회를 비롯한
한실문예창작의 모든 문우님들께도 고마운 마음 전합니다.
감사합니다.

　　　　　　　- 달이 가장 크고 둥근 날, 들창가에서
　　　　　　　　　　　　　　　시인 전예라

祝詩

전 예 라

박덕은

깊은 동굴에는
깊은 소리가 산다

그 눈망울이
너무나 고요하여
호수가 생겨났다

윤슬이 펼쳐질 땐
시심이 춤을 추고

너울거리던 물풀이
사색을 노래했다

종교의 물결은
탐색하듯 스쳐갔고

깨달음의 메아리는
시가 되어 활짝 나래 폈다

양날개가 굵게 자라
거대한 이미지로 다가와

환희의 낭송 시간으로
산그림자를 다독이고 있다

지금은 겨드랑이에서
왜 물소리가 출렁이는지

늘 푸르게 탐구하느라
밤 지새우고 있다

미소의 그루터기에
두 손 포개고 걸터앉아서.

祝詩 - 박덕은 ▮▮

차 례

1장 ― 내 안에 햇살이 머물기까지

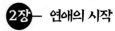

2장 — 연애의 시작

3장 — 당신을 알기 전까지는

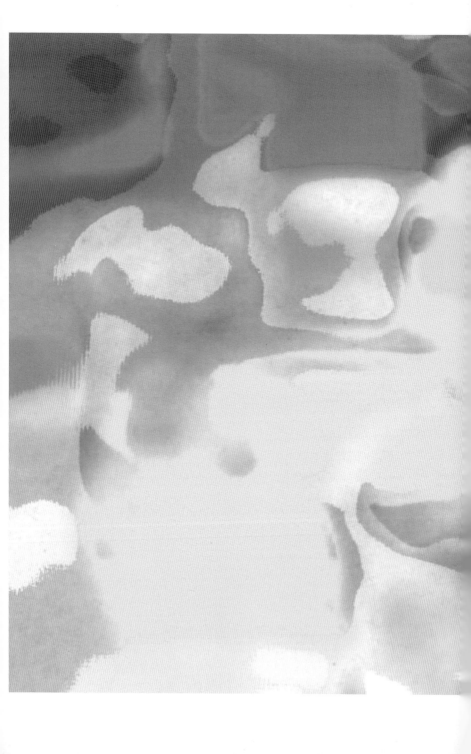

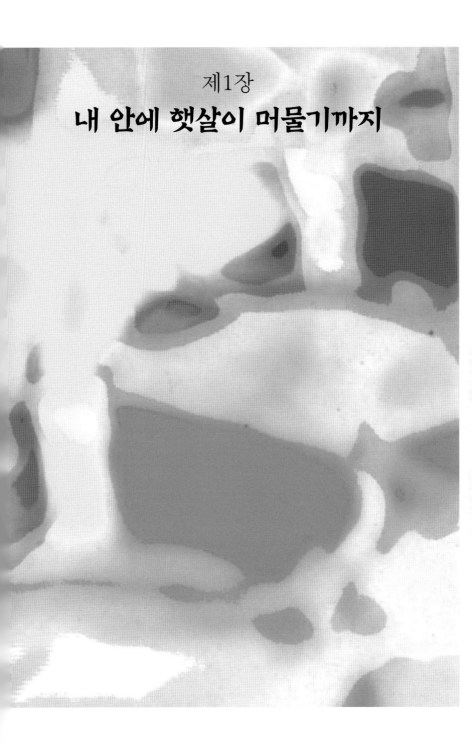

제1장
내 안에 햇살이 머물기까지

나의 첫 시

먹구름 속에서도
하얀 마음으로 나아가는
가녀린 한 줄기
빛.

꿈

텅 비워 버린 가슴 한켠에
아리하게 빛나는 보석 하나

표주박 위에 떠 있는
외로운 섬 밝히며

오늘을 걷는
등대가 된다.

정말 몰랐어

화사한 장미 한 다발로
그대 기쁨이고 싶었는데
이토록 노오란 으스름 벗 삼아
시든 달맞이꽃으로
이렇게 서 있을 줄

늘 푸른 아름드리 노송 되어
그대 그늘이고 싶었는데
이토록 늘어진 버들가지로
하늬바람에도 나부끼며
이렇게 서 있을 줄

꽃향기 너울대는 동산에
그대의 나비이고 싶었는데
이토록 허허로운 벌판에
허수아비 되어
이렇게 서 있을 줄.

거울

투명함 저 너머
미간 사이로 오가는
하얀 고독 바라보다
너털웃음 웃었지

바람 든 장다리무처럼
텅 비어 있을 때,
마냥 엉클어져 주체할 수 없을 때
가만히 다가와 다독이던 너

내가 웃으면 너도 웃고
내가 울면 너도 울던
시들지 않는
영혼의 해바라기인 너

네 앞에서만큼은
그 웃음 속의 모든 걸
보일 수 있었지.

우울증 · 1

성큼 다가온 무음의 시간이
저만치 서서
내 안의 문양을 만지고 있다

표정 없는 기억으로
벽에 매달린 초침 소리에
휘청이는 거미줄 바라보며

시름 깔고 앉은 정적
흔들흔들
공허를 흔들어대고 있다

바람 겹던 그날 저녁
아련함 더듬다가

멎은 침묵 신고서
실바람 벗 삼아 너울너울
저 허공에 떠 흐를 뿐.

우울증·2

담장 너머 뭉게구름
시선으로 동강 낸 채

수채화 같은 기억
빨랫줄에 널어놓고

음표 없는 노래
허공에 걸어둔다

뜨락에 나부끼는 고요
우두커니 바라보다

뚜벅뚜벅
무채색으로 걸어나간다

향방 없는 발자욱
습관처럼 찍어대며.

태풍이 지나간 뒤

난도질당한 산야에
야지랑스레 할퀴어진 상흔들이
버티던 후들거림에 기대어
아무렇게나 스러져 있다

허기 짓눌린 등줄기 위로
긴 한숨 비질한 시간이
이제 막 외출 단장을 시작한
거리에는

결 고운 햇살 먹은
새살 돋은 꿈들이
파아란 하늘 틈
오르락거리고 있다.

촛불 집회

능선 저만치
차오르는 햇줄기 따라
따리 튼 시심 꿰어
걸음의 보폭 뗀다

꽁꽁 동여 보쌈해 온 가을을
풀어제낀 듯 왁자한 거리

불꽃처럼 활활 타오르는 분노는
마른 담벼락 타고 넘는
담쟁이처럼 물기 없이도 물들어 가고

끝도 없이 치솟는 저 붉은 환호성에
툭 터진 허공은 차마 눈을 감았다

자맥질하던 파문들
휑하니 찾아들 달그림자 기울이면
한 잎 꽃눈의 온기 될까.

가슴에 꽂힌 가시 하나에

때로는 진실이란 이름 내걸어
하늘을 본다

스치는 인연들 속에서
날아든 날 선 언어 한 조각
여민 심장 파르르 사래 친다

아직은 제자리를 찾지 못한 나를
감당할 수 없어
눈시울 촉촉해지는 밤

시린 겨울에 소스라치던
언젠가의 그 자화상을
찬찬히 들여다본다

짓눌림 녹아내린 수렁 딛고
고고히 피어나는 연꽃처럼
멍울거리는 가슴 열고

한 송이 가시꽃 틔우기 위해

별빛마저 잠든 고요 덮고
눅눅한 마음 페이지를 넘기며
아픈 침묵을 꽈악 보듬는다.

촛불

미세한 감성에도 휘청인다
가냘픈 흔들림으로 태어난 운명
진실 향해 이 한 몸 태우리
오직 이 한 길 우직하게 고집하며
몸 깊숙이 뭉툭하게 뿌리내린
나를 의식하며
굳건히 타오르는 내 안의 불길
하나를 위한 오롯한 외침
이 한 몸 운명에 맡긴 오직 한 길
한 점의 흔적까지 스스로 녹이며
뜨거운 침묵으로 몸을 태운다.

영산강

푸른 아우성이
뜨겁게 너울거려도
묵묵히 허방의 물꼬를 트고 있다

유유히 흐르는 물길 따라
멀어져 가는 숨소리만이
나지막이 웅얼거리고
물새알 둥지 튼 여울마저
푸새 다듬듯
사그랑이가 되어간다

언 땅으로 부풀려만 가는 그 꽃자리에
곧 잎샘 추위 윙윙 불어오겠다
마름벽 타고 오르는 담쟁이넝쿨처럼.

집 앞의 가로등

고요마저 잠들어 버린 시간
소곤거리는 발자욱 쫑긋 세우고
골목으로 스러지는 그림자 배웅하다가

비척거리는 고단함을
지긋한 눈빛으로
슬어주기도 하다가

해 늦은
저녁

무거운 세월
어깨 위에 올려놓은 채
외로움 줄다리기하던 그 날도

찬바람에 비틀거리는 등 뒤에서
그저 빙긋이 서 있는 것만으로도
가슴으로 잴 수 없는 아릿함이 되어 주던.

병문안

희끗 새어 나오는 불빛 앞에
애잔함 끌어다 놓고
낯선 빗장을 빠끔히 열었다

저미는 마음
밀물처럼 달려들어
놀란 가슴 훑어내린다

침묵의 소리만큼
차오르는 애틋함으로
하나가 되어버리는 순간

옹이진 시간
와락
보듬는다.

향수

아버지의 헛기침 소리에 꽃등 내걸면
문풍지 사이로 숨죽이던 달빛
와르르 부서지고
옹기종기 칠 남매의 보금자리가
실눈을 뜬다

음메~
우리집 대들보 새벽 공기 울리면
사랑방 소죽솥 위로 허리 구부려
오동통 살찌우는 소리 두적두적
후끈한 뭉게구름 헤치며
큰오빠 설레는 어스름달을 삼켰지

타닥타닥
아궁이 속 사윈 곳 찾아
방고래 쪽으로 사른 불길 몰아대며
달궈진 부지깽이 끝으로
검불 섞어 불꽃 세우는 울엄마 꽃손

진흙에 버무려진 몸빼바지처럼
마루 끝에 아무렇게나 놓여진
품앗이의 흔적들

주섬주섬 대야에 담아
개울가로 종종걸음치던
풋내기 소녀의 뒷모습에
빙그레 미소 짓던 울엄마

새순 틔우던 봄 향기가 뛰놀고
아픈 눈물 씻어 주던 우물이 있던 곳

빈 수레 채우기 위한 물욕의 높이가
커져만 가는 애석함 토닥거리며
그리움 한 조각 꿀꺽 삼켰다.

어느 여름날

처마 그림자 응달진 곳 찾아
손바닥으로 대충 쓸어내고
똬리 튼 지푸라기 방석 삼아
털퍼덕 마주앉았다

조막손에서 차오르는 공기돌
한여름의 햇살 담아
오르락내리락

쩔꺼덕 쩔꺼덕
멀리서 들려오는 낯익은 소리에
쫑긋, 살강 위에 올려진 시선

누가 먼저랄 것도 없이
비료 포대 하나씩 들쳐 메고
삽작 밖으로 내달렸다

호박엿 한 쪼가리 하나,

희멀건 아이스께끼 하나씩 받아들고
입안 쩍쩍 달라붙던 달짝지근한 희열
볼거리처럼 매달린 그 날

해거름녘 품앗이 다녀온
엄마의 뒷자락에서
우리만이 아는 눈망울로
오물거렸다

아련한 노둣돌이 된 시간들
짙은 노을 저 너머로
빙그레 세운 주름 길게 늘여 본다.

김장

고무통마다 넘실넘실
숨죽은 배추 뒤적이는 소리
한지창 비쳐드는 문풍지 사이로
동짓달의 살찬 아침 깨운다

설렁설렁 절인 배추 마차에 싣고
제법 싸늘하게 내리쬐는 햇볕
이랴 이랴, 흐르는 물길에 눕혀 가며
노오란 고갱이 하나 뚝 떼어
입안을 유혹하던 고소함 켯속마다 스며든다

쭈욱 뒷짐 진 하늘엔
왁자지껄 겨울 더미 쌓여가고
웃음보따리 썰어놓은 함지박엔
담뿍 내려앉은 겨울이 버무려진다

옹골스런 포기 하나 번쩍 들고
뭉툭한 꽁다리 뚝 잘라 쭉쭉 찢어

오물락 조물락
한입 척 걸치던 그 감칠맛 고인다

바람 움킨 그림자 등받이 삼아
우그러진 양동이 안에
웅성웅성 쌓여가는 얼럭배기
김치각 오가리에 옮겨지면
버물버물 우거지 덮어 자박자박

앞치마 툭툭 털고 시선 세운 서쪽 하늘
찬 노을빛 스민 꽃구름에
아람 벌 듯 부푼 손돌이바람이
매섭게 달려오는 동짓달 스무날께.

마당바위

책가방 마루 끝에 던져두고
함박꽃 한 송이 뚝 따서
줄달음쳐 내달리던 천연 해수욕장

꺾어 온 함박꽃
흐르는 냇물 한가운데 힘껏 던져 놓고
개구리 헤엄치며 허푸허푸

하얀 차돌멩이 하나
저만치 퐁당
땅강아지 헤엄으로 첨벙첨벙

잔잔히 흐르는 물가
빽빽한 버들강아지 사이로 한 팔 쭈욱 뻗어
올뱅이랑 조개 찾아 더듬더듬

나무꾼 오가는 통나무다리
아슬한 다이빙대 되어

슈우우웅 텀벙

뭉게구름 소근대는 뙤약볕 지붕 삼아
아카시아 줄기에 젖은 머리 돌돌 말며
하하호호 재잘대던

그 빛바랜 함성 하나 둘
회색빛 담장 넘어온 옛이야기
낡아진 문턱 훌쩍 타고 넘는다.

내 안에 햇살이 머물기까지

끈끈한 흔적
들하늘 향해 휘돌던 날

또각거리는 초침 붙잡고 일어나
목적지도 없는 광야를
끝도 없이 달렸다

대답 없는 메아리에
쫑긋 발돋움한 몸짓

마음 녹여내는 진실 향한
그 떨리는 숨결로.

저녁 마실

담장에 달빛 수놓는 어스름 저녁
양말 뭉치 도방구리 옆구리에 끼고
삽작 나서는 울엄마

따끈따끈한
이웃집 구들장 방석 삼아
웅성웅성 부챗살 다리 만들어간다

불빛 앞에 쭈욱 내민 손
또르륵 뾰족한 실끝으로
바늘귀 찾아 들락거리다

너덜거리는 뒤꿈치 곱게 잘라내고
한 땀 한 땀의 사연
꼼꼼하게 박음질해 간다

텔레비전이 지지직거리면
커다란 하품 삼키며
별빛 깔아놓은 고살길 되돌아온다.

그때는

처마 그림자
삽작머리쯤 머물 때쯤

마을 한켠엔
저녁을 준비하는
동네 처녀들의 속살거림이
모여들던 곳

파란 함지박 안에
뽀오얀 속살 찰랑거리던
벗어진 감자의 옛이야기가
도랑물 소리 타고
졸졸졸

서녘에 걸린 하루가
나뭇잎에 사뿐 앉아
동동동 떠내려가는 사이
옹그려 쥔 반달 놋숟가락

██ 나에게로 가는 길

득득박박

온 얼굴에
튀어 배긴 하얀 미소
해맑은 눈동자 안에서
서로를 바라보다
푸하하하.

여름밤 다리 밑에서

딸각딸각 웃어쌌는
조각달 한 바가지 떠서
좌악 좌아악

반짝반짝 애교스런
싸라기별 한 바가지 떠서
좌악 좌아악

뻑쩍찌근 짓누르는
피곤 한 바가지 떠서
좌악 좌아악

속살 깊숙이 전해지는 전율
별빛으로 두르고
좌악 좌아악.

시골 장날의 첫차

고개 숙인 농촌을 한아름 이고
팥 쬐께 하고 서리태 몇 됫박하고
익은 가을을 담아 들고 올라서면
덜컹 소리에 케케함이 소르르

등받이에 엉거주춤
굽어진 눈빛 치켜들던
할머니

매캐한 쪽파 향을
황톳빛으로 눌러 매어 놓고
헛김 버무려 꿀꺽 삼키고는
혼잣말로 궁시렁궁시렁
"엊저녁에 그 냥반 갔다네 갔어."

고무신

털퍼덕 주저앉은 모래무지에선
부릉부릉
오르내리는 자동차 되고

물살 찰랑거리는
개천가에선
투망 대신 물고기 몰고

흐르는 물에
훌렁훌렁 흔들어 엎어 놓으면
금세 뽀송한 만능 놀잇감

소나기 쏟아지던 날
둥둥 떠내려가다

아뿔사, 물푸레 나뭇가지에 걸려
거친 숨결 몰아쉬던
그 아슬함

벗갠 하늘 저만치
신발에 수놓아진 까만 나비 훨훨
아련한 비꽃 되어 날아온다.

눈 내리는 하굣길

두 줄의 하얀 선을 따라
어느새 저만치 달려가 버린
한 폭의 수묵화 안에서
빨갛게 데워진 두 볼을
서로의 눈빛으로 녹여간다

나란한 평행선 위에서
하하하 넘어지며
새하얀 숫눈 위에
두 팔 벌려 벌러덩 누워도 보고
웃는 얼굴 찍어도 본다

자드락 언덕길 올라
파란 슬레트 지붕이 내려다보이는
배나무 고갯마루에
쪼르륵 올라서면

방고래 넘나드는

붉은 열기 싣고
단숨에 달려온다

곱은 두 손 꼬옥 잡고서
아랫목 이불 속에 덮어둔
쌀밥 한 사발 꺼내주던
거스름진 엄마 손.

회상

토방마루 끄트머리에서
매캐한 내음이 코끝 타는
어스름 저녁

향수를 베개 삼아
널따란 멍석 위로 스치는 서늘함 덮고서
오순도순 눈 맞추며 까륵까륵

진한 쑥내음이랑
사뿐이 내려온 별빛이랑
반짝 날아와 손안에 잡힌 반딧불이랑

담장 안에서 재잘대던 얘기들
숲 저 너머 빙그레 불러낸다

풀숲에서 튀어나온 개구리 울음소리
어둠 속으로 스며드는 벤치에 앉아
그날의 정취 그리는 그림 한 소절.

어머니·1

어스름 한 움큼 불쏘시개 삼아
가새지른 장작 틈새에서
새벽 일으키면

샛빛 등에 업은 채
분주함 신고
장독대 오가던 당신

무쇠솥처럼 투박한 세월에
서리서리 침묵으로
젖은 가슴

찬바람에 할퀸 시간
깊숙이 품고서도
그저 빙그레 웃음 짓던 당신.

어머니 · 2

휘어지는 바람
옷깃에
서성일 때도

달빛을 낮달 삼아
품앗이를 해야만
했을 때도

늦은 저녁,
돋보기 너머로
희미한 불빛 바느질하며

저 멀리
걸어오는 새봄을
애써 삼켜야 했던 당신.

아버지

아롱져 피워낸 꽃구름도
휘이휘이 떠가는 열구름도
오롯이 품어 안은 깊고도 너른 품

호숫가에 피운 촉촉한 풀잎에
가만히 내린 따스한 미소처럼
오늘의 기나긴 여정에
진정한 여유.

어떤 독백

순정의 너울 쓰고
해맑은 영혼으로
다가온 당신

언젠가의
거친 몸부림으로부터
타들어 가는 시간 품고서

빛바랜 향방 찾아
꿈마저
저당 잡힌 채

시린 겨울로
하얀 밤길
거닐고 있는 사람

남겨진 향취들로
덕지덕지

얇은 모롱이 기워 가며

새빛 틔우듯
처음처럼
속삭이고픈 사람아.

딸의 낙서장 앞에서

까칠하게 얼룩져
곳곳에 먹물로 번진 흔적 앞에서
멍하니 선 채 눈시울만 붉힌다

수줍은 제비꽃 한 움큼
보랏빛 미소에 모듬모듬 엮어
엄마 선물이라며 활짝 건네던
뽀오얗게 오므린 고사리손

유치원 가방 한켠에 던져놓고
동화 나라에서
인형 놀이를 즐겨 하던 아이

결국,
내 아픔보다 진한 상처로
붉게 멍울져 버린
그 작은 가슴을 읽게 된 순간
솟구치는 눈물만 마냥 흐른다.

큰아들

골진 시간을 은연히 버티면서도
피해갈 길 주문하지 않는다

출렁이는 계절 속에서도
발버둥치지 않는다

들녘의 울음소리에 뜯겨진 날들
무언으로 꿰매어 간다

외로움을 허공에 적신 채
비틀리고 비틀린 허리 애써 곧추세운다

능선 저만치
흘러내리는 여유를 두르고서
연둣빛 날들 덧씌워 간다.

큰아들 입대하는 날

날 선 성에 위로
추적추적 겨울비 내리는
정월 스무하룻날

움츠린 어깨 위에서
조마조마한 확성음이
아쉬움 긋는 오후 2시 정각

애틋함에 꼬옥 붙들린 채
자욱이 젖은 운동장 향해
시린 발자욱 동동동 찍어 간다

어줍은 아들의 뒷모습 내려놓고
떨려오는 가슴 여미고서
두 손 불끈 쥐고 돌아서는 순간

눌러둔
굵은 눈물 한 방울

빗물 위에 뚝 떨어진다

생각할 시간이 필요하다며
애써 덤덤하던 너의 미소
울컥 치민다

사연만큼이나 앙상한 가로수
돌아오는 길 쓸쓸히 배웅하며
울적함 다독인다.

입대한 아들과의 첫 통화

벚꽃 내음이 창을 넘던 날
가만히 스며든 고요 벗 삼아
다녀간 흔적

빼곡한 수신 번호만 쭉쭉 밀어내다
찡한 코끝 타고 먼 길 달려온
낯익은 목소리

"훈련 끝나서 전화해요
걱정하지 마세요
지금껏 살아온 날 중에서
제일 편한 시간 같아요."

보타지는 가슴
한밤중 피어있는 달맞이꽃처럼
시린 어깨 토닥토닥

주름진 눈시울 사이로 핑그르르

무지갯빛 파장 울컥인다

아까부터 기웃거리던
봄빛 젖은 베란다의 동백
오늘따라 유난히 붉고 탱탱하다.

고3 앞둔 막내에게

애잔함에 눈물겨운
나의 아들아
남모르게 짓눌린 조바심 앞에서는
자신을 차분히 내려놓을 줄 아는
여유를 가지거라

태초부터의 사연들
고스란히 녹아 있는 우주처럼
커다란 가슴 푸르게 열고
조밀 조밀한 사연들일랑
그저 품을 줄 알며
고운 진실 한 송이 꼬옥 품고서
품 안에서 익숙해지는 연습을
게을리하지 말거라

삐걱대는 외로움의 빗장 열고
농익어 가는 일상 속에서
해야만 하는 일보다는

하고픈 일 찾아 정성을 쏟으며
내면만큼은 충분히 자유롭고도
뭇사람이 쉴 만한 둥지이거라

그윽함 피워내는 삶의 향기
진정 흠향할 줄 알아
걸음걸음 걷는 그 여백에
시어로 채워 가는
맑은 영혼을 가지거라.

제2장
연애의 시작

산수국

갈맷빛 잎새에 숨어
수줍음 눌러둔 채
졸인 가슴으로 서 있습니다

모르는 척,
모롱길 돌아서는 바람 자락
살며시 잡아 봅니다

하늘빛 톡톡 치며
꿈길처럼 날아든 한 쌍의 나래

콩닥거리는 가슴 여미고
물소리 스민 콧노래
먹먹하게 불러 봅니다

가녀린 몸에 풍경을 심어 가며
이 한 날을 위해
그저 요염하게 살아온 당신.

연애의 시작

봄꽃
나

꽃 중의 꽃
너.

구절초

당신 향한 그리움으로
이 가을이 곱게 물들었어요
손톱 끝으로 밀려나는
봉선화물처럼
뜨거운 가슴에 흐르는
아련한 여운 되어
사각사각 들려와요

당신 향한 보고픔으로
이 가을이 고요로 물들었어요
쓸쓸히 낙엽 띄워
흐르는 물빛 위로
잔잔한 고독 깊어갑니다
송이송이 모둠처럼
향기 그윽한 사연들을
한 편의 시로 써 내려가요

당신 향한 연민으로

이 가을이 말갛게 물들었어요
높다란 저 창공 위에
이슬처럼 피어난 여정
사뿐사뿐 걸어가요
또 한 날의 모퉁이 따라
추억의 그 오솔길
하얀 시심으로 채워 가요.

코스모스

결 따라 곱게 스민
계절 벗 삼아
갈볕에 시린 사랑 눈뜨기까지
그저 서 있다

시절의 고요 입고서
노을빛으로 온몸 젖을 때까지
터뜨리고픈 울렁거림으로
그저 서 있다

알알이 고개 숙인 외로움이
한 포기 사랑으로 여물기까지
바람에 기대어 흔들리며
그저 서 있다.

홍매화

꽃샘바람에도
토독토독
수줍게 피어난
새악시 볼

한 세월 벗고
백설 자자한 산모롱이
굽이 넘는
맑은 자태

교교한 달빛처럼
태곳적 운치 뿜어내는
은은한 혼

차라리
홀로 새초롬히 물들어 가는
청초한 여신.

민들레

파릇파릇한 전율이
날숨 쉬기도 전에

찬바람 먹고 피워낸
서러운 설렘

꾹
꾹
뭉개어 짓눌리다

뼛속 갈피마다 스미는
아픔 슬어 안은 채

동그랗게 웃음 짓는
꿈 한 송이.

석류

연둣빛 가슴 다독다독
터질 듯한 진통 부둥켜안고
뒹굴고 뒹굴다

더 이상은
견딜 수 없어
남몰래 눌러 둔 보고픔

갈별 타고
달려온 오후

흙내음 고인 텃밭
감잎 떨어지는 소리에 놀라
눈부신 햇살에

왈칵,
터져 버린
주홍빛 아픔.

상사화

스며드는 그리움
그렁그렁 고이는 날

기다랗게 세운
눈썹 치켜들고

붉은 눈물 뚝뚝 흘리며
기다리고 기다리다

목메임 속에서
홀로 살아가는 법을 배웠습니다.

꽃잔디

열정
한 잎 한 잎
손에 손 꼬옥 움켜쥔 채

연인들의
발걸음 장단에 맞춰
너울너울 춤을 추네

으스러질 듯
몸서리치도록
소름 돋는 전율

바르르
자신을 불사르며
낮게 낮게 퍼져 가네.

넝쿨장미

높다랗게 매달려 있다
툭 떨어져 내린 오월의 한낮
부신 햇살에
흥건하게 배부른 푸른 물살
일렁인다

지난 추억 더듬는 듯
굽이진 계절 망각한 듯
실바람 덧입은 풀내음
껄껄껄 고개 내민 허공 당겨
데워진 담벼락 위에서
멍울멍울 터져 나온다

쪼아먹은 들꽃 향기 뱉어내며
깍깍대던 속울음 등에 업고
모롱길 걷던 까칠한 시간들
무심코 채인 돌부리처럼
나동그라진 서러움 여미고

쿵쿵 뛰는 맥박 소리
아릿한 여운의 회한과도 같은
향기에 배불리고
가만히 빠져나오는 또 한 해의 봄.

목련꽃

사뿐 넘어와
햇살 꿰어 박음질하던
어머니의 숨결

청량함 널린 허공에
찬이슬 촉촉한
꽃샘바람 두르고서

봉긋 부풀린
우윳빛 가슴 내민 채
싱그러움으로 적신다

너울너울 서투른 춤사위
가련히 피워낸 향기
환하게 피워 올리며

혼이 되어
스러져 가는
새하얀 노래 되어.

벚꽃

로닥토닥
사월의 봄으로
화장을 한 너

그리움 활짝 펼쳐 놓고
속살마저 드러낸
요염함

그 화사함으로
차라리
내 가슴 후벼댄 너

태워 버린 열정으로
하나 둘
연분홍 비밀 풀기도 전에

애간장 흔들어대는
너에게 그만
사랑을 고백하고야 말았어.

만개한 철쭉 앞에서

새소리 배인 땅내음에
오월의 비밀이 풀려 버린
초록 물든 산하

하늘 열어젖힐 듯
타오르는
저 불길

시린 봄볕
애무하는 황홀함 앞에
그만 넋을 잃고 말았다

흥건한 꽃내음에 젖어
허기진 감격 쓸어내리다
그저 눈물만.

찔레꽃

빈 하늘 쪼아대는 새소리
꽃잎새에 보듬고서

푸드덕푸드덕
차오르는 사연들

봄별 향내음에
고요가 연주되면

설레임에 들뜬 이야기들
새하얀 쪽배 되어 흐른다

순결로 토해진
봄날의 고백

울렁울렁
뛰는 가슴에 너울진다.

풀꽃

바람결에 흔들리며
상흔 틈새에서 피어난
한 송이 꽃

가뭇이
파고드는 외로움에
속울음 삼키며

마알간 허공에
파리한 몸 기대어
저만의 향기로 산다

알싸히 저며 오는
시린 여운
툭툭 털어내며.

동백꽃

태곳적 사연 싣고
산모롱이 휘돌아 온
열정 숨긴 채

차마 못다 한 사랑
겹겹 꽃샘바람에 여민 채
그저 묵묵히 흐르다

해사하게 볕 스민 날
홍조 띤 가슴에 펼친 시심
화들짝 풀어버렸네.

들풀

청초함으로
그저 서 있다

가슴 휘적시는 동심 입고
바람이 가져다주는 대로
영혼의 키 늘려 가며

이따금씩
허공에 흐르는 사연 안고서
뚜벅뚜벅 걷기도 한다

땅내음 먹고 피어난
해꽃에 배부른
가을처럼.

새싹

촉촉한 어둠 속에서
하얀 나래 펴는
작은 떨림

푸른 촉수
톡톡 터뜨리는
애틋한 진실

자신을 불태우며
오롯함으로 피워내는
시린 사랑의 몸짓

퍼내고 또 퍼내어도
또 솟아오르는
하늘 닮은 싱그러움

한 점 바람 멎은 날
하늘에 술렁이는 뭉게구름처럼
황홀히 펼치는 눈부신 신비.

제3장
당신을 알기 전까지는

당신·1

가만히 내린
봄꽃 위의 햇살처럼
내 안에 머문 당신의 향기
결결이 채워진 숨결
살짝기 열어 호흡합니다

구름을 호위하며
떠가는 보름달처럼
내 안에 머문 당신의 생각
너울거리는 가슴속
밀리듯 흘러갑니다

청량함 물든
오월의 하늘처럼
내 안에 머문 당신의 존재
맑게 씻긴 영혼의 품에
포근히 안겨 옵니다.

당신·2

바람 불 땐
바람 따라 흐르고
비 오는 날엔
빗물 위로 떠가고 싶다

연기처럼 자욱한 날도
땅거미 질은 날에도
마음만큼은
늘 봄날이고 싶다

공허로 비어 버린
휑한 날
아름드리처럼
우뚝 다가온 당신

서로를
진실로 녹이며
고민하는 그 시간을
사랑이라 말하고 싶다.

당신·3

아릿하게 흐르다
맘속 깊이 물든
노을빛 향연

눈 감으면 더욱 생생한
무언의 언약들
꼬옥 보듬으며

보고파서
견딜 수 없을 때마다
살짜기 꺼내어 본다.

기다림

꽉 찬 하늘 닮은
그대 품속에
와락 안겨들고픈 밤

침묵으로 옹이진 사연
깊숙이 눌러둔 채
세월의 그물에 채워진 빗장 열고

포근히 스며든 향취에
가슴은 이내
가을처럼 물들어 버렸다

까만 하늘에 유유히 별을 쐬며
애써 다독다독
봄을 맞듯 그저 서 있다.

당신을 알지 못했더라면

아마도
길가 한 포기 들풀로
겨울을 맞이했으리

아마도
소리 없는 애상에
젖어 살아갔으리

아마도
우수에 길들여지는
나를 바라보며
그렇게 늙어 갔으리

아마도
휘휘 흩날리는
낙엽으로 흐르다
아릿하게 살다 갔으리.

당신을 알기 전까지는

쓸어내리는
아픔도 외로움도
가슴에 터질 듯 품었습니다

흐르는 세월 연습하며
그도 그저
지나가기를 바랐습니다

묵묵히 피워 가는
환한 고독에
새별 입고 피어나

새하얀 들꽃처럼
고운 진실로
고여 가는 향기

그런
한 송이 꽃이고
싶었습니다.

또다시

떨리는 가슴에
웅크린
아림 한 줄기

찢어져 열린 석류알처럼
쏟아질 듯
허공에 흔들린다

아늑한 품 안에서
언제까지나 느끼고픈
그 사랑

먼 훗날에라도
언젠가 단 한 번쯤이라도
불꽃 되어 피어날 수 있을까.

함박눈 내리는 그 창가

순백으로 쌓여가는 고요 위에
은은한 커피 향내음
한 잎 한 잎 날아듭니다

가지마다
하얗게 고인 그리움
아슴아슴 멀어져 간 뒤

비로소
나는
알았습니다

수시로 밀려드는 외로움도
얼룩진 쓰라림도
꿈틀거리는 열정 한 올도
온통 품어 버린 당신이었음을.

함박눈 내리는 날

언젠가 엽서에서 본 그 가로수 길가
거기
낙엽처럼 날리는 그리움 주우며
나란히 눕혀진
보도블록을 세며 걷는다
물빛 하늘에 매달린
칼바람에 찢겨진 걸까
안개비 자욱한 그 날처럼
쏟아지듯 밀려드는 고백에
설렘의 향연이 전율처럼 흐른다
너울너울 시심처럼 펼쳐내는 춤사위에
봄 향기 뛰놀던 추억도
다 읽어버린 신문처럼 물든 쓰라림도
그저 하얗게 덮으며
붉은 시꽃 한 송이 피워 올린다.

나도 모르게

실바람에 실려 온 미소
탁 트인 하늘에
살며시 헹굽니다

포근히 찾아든 설레임
활짝 핀 햇살에 실어
가만히 날립니다

가슴에 젖은 짜릿함
빠른 맥박처럼 뛰는 심장
애써 누릅니다

짓무른 그리움
타들어 가는 듯한 시간 딛고
멍하니 서 있습니다.

깊어진 겨울밤에

고요만이 자욱한 저만치
아련한 기척 소리
행여 님의 소식인가

가만히 자리한 외로움 안에
꿈틀이는 하얀 그리움
행여 님의 향취인가

한 올의 시향으로 다가와
홀연히 움트는 맑은 여운
행여 님의 음률인가

스산한 바람 소리 잠재우며
가슴 틈새에서 피는 고독
행여 님의 그림자인가.

내 안의 봄

잔잔함으로 술렁이다
청아함 머금고 피어나는
꽃몽울

자욱한 환희로
터져 나오는 심장
열어젖히고

가슴속 휘저어
길도 없이 오르락거리는
가붓한 떨림

실바람에 실려 온 향기가
발그레 얼룩진 마음 틈새로
소리 없이 스며들면

또다시
소스라치는
나.

겨울나무

가녀린 어깨 위로
낙엽 한 잎 흐르던 그 날을
투벅투벅 걷는다

찬바람 맺힌 흔적마다
봄볕 옹알이하듯
망울망울

늘 흔들리던
그녀에게서도
봄내음이 난다

툭 하면
허물어져 버리는
그 품 안에서.

항아리

커다란 입을 열고
빵빵하게 먹어대던 푸른 열기가
담벼락의 그림자로 야울거릴 때쯤
휑하게 식어 버린 휑한 여운처럼

텅텅
비워 버린 채
차라리 아무도 몰래 가두고픈
앙상한 몸부림.

매미

찌륵찌륵 찌르륵
아득하고도 머언 외로움 견디며
홀로 살아가는 연습을 한다
서글픔으로 낯익어져 가는 음률마저
차라리 정겨움이 되어 버린 세월

찌륵찌륵 찌르륵
길고도 긴 기다림을
활짝 펼친 날개 위에 얹어두고서
찌륵찌륵 찌르륵.

봄바람

초록 향내음마저
시리도록 싱그러운 날

내 안에 열어놓은
그 길 달린다

가만히 꺼내어 든
자지러질 듯 농익은 환희

차라리
탈선이라도 하고픈 이 심정

어이할거나
쿵쿵대는 이 심장을.

이별 연습

바람 진 날
번지며 타오르는 불길처럼
온몸의 열기가 가쁘다

속으로부터 뜨거워지는
용솟음 견딜 수 없어
두 눈 꼬옥 감은 채

흐느끼듯 흐르는 빗물 위에
눈물방울 띄워 놓고
계절처럼 보낸다

부르튼 침묵마저
내려놓아야 하는 이 순간이
죽도록 싫다.

어떤 대화

세월의 가지마다
아롱진 연민
서로의 눈빛에 적셔 가며

맘 뜨락의 설렘
채워지지 않는 잔 위에
띄워 놓고

긴긴 사연일랑
창 스민 달빛으로
적어 가며

살며시 피어난 이슬꽃
초침 소리로
훔쳐 가던 그날

까아만 하늘에
선명한 달무리 하나
새겨 놓았네.

동창생

자드락 고갯재 넘고 넘었다
작은 가슴에
빙그레 흔들리는 손수건 단 채

석별의 뭉클함 채 마르기도 전
광야에 가로놓인 빛줄기 따라
인연이란 이름으로
허허로운 세월마저 사랑했네

손 흔들던
그날의 아쉬움
마중물 되었을까

꼬깃한 기억 속에서
물오른 코스모스 몽오리 톡톡 터지던
하굣길에서의 웃음소리

널따란 바위에 머문 햇살에 벌러덩 누워

아카시아 잎 돌돌 말아 머리 볶던
재잘거림

그 봄날 같은 여운
풀풀 녹아내리네.

가끔은

하얀 이야기 한 점 흐르지 않으면
하늘이 아니지
저 하늘에 외로움 한 점 산다는 걸 모르면
아직 사랑을 모르는 것일 게야

흐르듯 흘러가는 저 구름이
인연의 격정 품고서
능선 넘는다는 걸 아는 사람은
아마도 외로운 사랑을 하고 있는지도 몰라

수면 위에 오르지 못한
까만 날의 별빛 이야기도
저 허공을 날고 싶을 때가 있을 게야
나도
나를 훨훨 벗고
둥둥 흐르고 싶을 때가 있거든.

비 오는 날

후두둑
햇살 삼킨 꽃비도

저만치 앞서간 천둥소리에
번쩍번쩍 젖은 몸부림도

휑한 대지에 매듭짓는
또 하나의 의미도

비우고 채우기를 반복하는
시향의 울림도

수줍음 붉힌 산허리에
가만히 속삭이는 보송한 여운도

웃음 껍질로 둘둘 싸맨 거기에
흩뿌리고 싶다

나부끼는 윤슬처럼
잔잔히.

등 뒤에서

문득 나의 뒷모습
우두커니 세워 놓고
거울 앞에 서 있다

내동댕이쳐진 찬바람
봄 언덕에 나뒹구는
한 날의 인연
선잠 구르듯 술렁인다

발끝에 채이는 하루랑
흙내음 배인 오솔길 따라
그저 묵묵히 걷는다

하얀 낮달 너머로
창공 삼킨 저 푸르름
내 안의 길로 삼는다.

이별 후

후두둑
후두둑
후두둑

차창에 터지는
저 빗물
온 세상이 희미하게만 보여요

차오르는 숨 애써 다둑다둑
가슴에서 쏟아지는 눈물이
온몸을 태워 버리는 것만 같아요

먹먹해져 오는 이 마음
오늘만큼은
날 위로하고 싶지 않아요

떨리는 두 손 꼬옥 쥐며
와락 무너져 버린 나를
그냥 내버려 둘래요.

출근길

후끈 데워진 여름이
메타세쿼이아 숲에서
짹짹짹 울어댄다

회색 아스팔트 위로
아지랑이 보글보글
내 안의 초점 향해 달린다

여름다운 여름을
무작정 달린다는 건
내게 허락된
운명 같은 이름

여름다운 열정을
만난다는 건
저 하늘에 보듬긴
푸른 축복.

사랑인가요

당신의 인기척인 듯
문틈 비집고 들어온 솔바람에
실눈 뜬 새벽 이슬
밟고 다녀가셨나요

당신 향한 그리움인 듯
열어젖힌 커튼 너머 저만치
연둣빛 숲을 향해
온몸의 귀가 쫑긋 일어서네요

당신의 마음인 듯
가슴에 피운 한 송이 꿈
옹이 박힌 여운 너머로
그저 지그시 바라보네요

당신으로 채워지는 듯
허둥대며 가는 걸음일지라도
영혼 깊이 아롱진 사랑
곱게 물들어 가네요.

당신은 누구신가요

찬바람 맺힌
그 오솔길에
보송보송한 꽃내음
살짝이 뿌려 놓은
당신은 누구신가요

사슬에 엮어 놓은
가녀린 가슴에
꿈틀거리는 연민
가만히 걷어 버린
당신은 누구신가요

하얀 외로움이
쓸쓸히 고일 때
소리 없이 다가와
품어 준
당신은 누구신가요.

詩

수줍은 바람 타고
살며시 스며든 입맞춤
이토록
설레일 줄 몰랐어요

당신으로만
채워져 가는 하루
이토록
행복을 가져올 줄 몰랐어요

지그시 눈 감으면
더욱 선명해지는 당신 모습
이토록
마음 휘저을 줄 몰랐어요

우리 가슴에 살고 있는
따스한 감성
이토록
평온할 줄 몰랐어요.

친구

.

무엇이 이토록
우릴 묶어 놓았을까
속껍질까지
말갛게 벗겨놓은
그 진솔함이었을까

무엇이 이토록
우릴 묶어 놓았을까
영혼의 목마름으로
하나된
그 뭉근한 향기였을까

무엇이 이토록
우릴 묶어 놓았을까
가슴 깊이 소근대며
마주한 눈망울에 흐르던
그 아릿함이었을까

무엇이 이토록
우릴 묶어 놓았을까
하늘 저 멀리
비상하는
그 푸른 날개였을까.

행복할 거예요

단 하루만이라도
온전히
당신과 하나될 수만 있다면

따스한 온기 손잡고
늘
당신과 동행할 수만 있다면

사랑하고 또 사랑하면서
언제나
당신과 함께할 수만 있다면

일렁이는 이 마음
오롯이
당신과 나눌 수만 있다면.

당신은 아실까요

오늘만큼은 정말
기대하지 않았어요
낯익은 전화벨이 울려왔을 때
얼마나 행복했는지 몰라요

그날만큼은 정말
기대하지 못했어요
미안하다 토닥이던 그 한마디에
얼마나 고마웠는지 몰라요

당신 앞에서만큼은 정말
그 무엇도 기대하지 않았어요
전율처럼 스며든 따스한 고백에
얼마나 좋았는지 몰라요.

전율

움츠린 가슴 열고
스며든
가녀린 떨림

여린 감성 타고
너울거리는
무음의 파장

파도치듯 온몸 휘돌다
숨소리마저 잠재운
따스한 고요

맥박처럼 뛰는 가슴을
밀어처럼 읽어 내려가는
진한 고백.

그날부터

나는 나를 외면했다

바람결에 흐르는 구름처럼
물결에 떠가는 갈잎처럼
자유로움에 침묵해야 한다는 걸
알았다

윤슬 잘박이는
호수의 수면에
물기 오른 봄 망울 터뜨리듯
다가온 당신

소리 없는 진동으로
새살처럼 발그레 움트고 있는
그 설렘을 하나하나
나열하기 시작했다.

독백

까칠한 베갯잇 위로
달빛 촉촉이 스미는 밤

침묵으로 써 내려간
세월 안으로

살며시 다가온
순수의 고백

초연한 맘
가만히 설렌다

혼이 부른 듯한
임의 숨결

무거워진 시간을
다독이고 있다.

님은 아실는지

차오르는 숨 애써 고르며
서성대는 이 마음
님은 아실는지

달빛 젖은 밤
당신의 향기로 피고픈 그리움
님은 아실는지

가만히 피어난 사랑
홀연히 날아갈까 애타는 맘
님은 아실는지

씻겨 버린 상처
그대 품에 살고 있는 온기였음을
님은 아실는지.

석류

연둣빛 가슴 다독다독
터질 듯한 진통 부둥켜안고
뒹굴고 뒹굴다

더 이상은 견딜 수 없어
남몰래 눌러 둔 그리움
갈볕 타고 달려온 오후

흙내음 고인 텃밭
감잎 떨어지는 소리에 놀란
눈부신 햇살에

왈칵 터져 버린
주홍빛 아픔.

당신을 알기 전까지는

그 집 어귀에
말 없는 담쟁이 집
한 채
있었습니다

바람 괸 날이면
손잡이도 없는 햇살 뚫고
흙벽을 오르다
해 넘는 줄 몰랐습니다

한낮의 도화지에
얼룩진 낙서를 하며
텅 빈 이야기처럼
아무 말도 할 수 없었습니다

그날의 찬바람 가슴에 여민 채
고샅길 돌아온 붉은 담처럼
나는 아무 말도 없었습니다.

불면

별빛 부딪히는
소리만 달려오는
까아만 저녁

눈감으면 서성이는 향기
쓸어내린 가슴켠에
묻어두고

찻잎 우려내듯
뭉근한 사연 띄운 찻잔만
휘휘 젓고 있다

휘감긴 그리움이
한밤의 고요
휘휘 흔들어 깨우고 있는데.

첫사랑

간간이
메뚜기 날아오르는 갯가에서
투망 던져 물고기 잡고
튀어 오르던
물방울 소리에 핀 그리움

나직한 산자락에서 불어오는
소슬바람 업고
다녀가네요

찌를 듯 그림자 드리운
포플러 잎새
추억 싣고 살랑살랑

눌러놓은 내 안의 인기척
이제는 거두어 갈래요
자꾸만 조바심 나고
쪼잔해져 가는 날 견딜 수가 없어요.

어느 시인의 고백

차오르는 가슴
진솔함으로는
채울 수 없어

흐르는 시간에
이 마음 맡겨둘 수
없을 것 같아

내면 깊숙이 살고 있는
공작의 나래
살며시 펼쳐 봅니다

그때서야
연둣빛 그리움이
여운의 오르가즘에 취해
물들어 갑니다.

나에게로 가는 길

언뜻언뜻한 풍경처럼
낯익은 길

고살길 담벼락 위
환하게 젖은 소근거림

찬바람 기대어 피운
뜨락의 이야기들

생채기들이 그물 잣듯
또각또각
초침 소리로 채워 간다.

나의 아침

아슴히 젖은 먼동이
빙그레
기지개 켜는 시간

촉촉한 내 안의 소리
도란도란
숨어온 날들을 걷는다

솔바람이
초록빛 미소로
살짝 윙크할 때쯤

잔잔한 평온이 스미고
말끔히 열린 하늘이
내게로 온다.

봄 소리

찬바람 벗지 못한 채
기지개 켜듯
봄내 물씬한 행간 사이로
단내가 난다

한껏 끼 부리는
잎샘바람 사이로
등걸 내어 주던 추억 보듬고

우듬지에 매달려
숨죽인 바람에 흔들리다
가만히 사연에 귀기울인다

무던히 마른 날들
물소리에 토독토독
하늘 울리는 노래가
망울진 꽃잎처럼 소슬해진 맘켠에 고인다.

차라리

아릿함 한 자락 꺼내어
만지작만지작

하이얀 설렘도
질푸른 가슴도

애써
다둑다둑

차라리
그리움 그대로
떨림 그대로.

꽃잎 펼치듯

알 수 없는 조바심이
타는 맘 다둑다둑일 때
차라리
아무것도 하지 않으렵니다

파고드는 긴장이
소리 없는 마음 한 자락 휘감을 때
그대 곁으로
살포시 띄워 보렵니다

봄볕 젖은 설레임
붙잡고 싶어질 때
도리어
향기로 열어두렵니다

지독한 그리움이
청명함 머금고 흐를 때
당신을
자유로이 포옹하렵니다.

사랑의 시작

쓸쓸함도 외로움도 그저 보듬어 준
그대를 알고부터였을 거예요

세상이 따스하다는 것을 알게 해준
당신의 품으로부터였을 거예요

이 마음 가득 채워진
포근한 그 사랑을 읽고부터였을 거예요

차라리 밉다고 고백하고야 마는
고백할 수 없는 그 고백으로부터였을 거예요.

고백·1

언젠가부터
작아만 지는 그 연민 앞에
촉촉이 스며오는 가슴 있어
울컥했습니다

긴 찬바람에
시린 세월 데울 수 있는
포근한 품 있어
눈시울 붉어졌습니다

설레는 숨결
몰아쉴 때
가만히 손잡아 준 손길 고마워
솟구치는 뜨거움
마냥 흘렀습니다.

고백·2

슬며시 찾아든
울컥울컥
하얀 조바심

나도 모르게 내 안에
넘칠 듯 채워진
당신 때문인가 봐요

온 세상
가만히 품은
당신

애써
열어놓은 이 가슴으로
그저 기다릴게요.

고백·3

살며시 다가온 운명
뭉클함마저 흐르고

하얀 고독의 날갯짓
시린 어깨로 보듬으니

행여 입맞춤한 그 순간이
세월 속에 묻힌다 해도

당신과 하나된
그윽한 향기만으로

흔들림 없는 평온 자락에
그리움 한 잎 한 잎 수놓아가리.

고백·4

햇살 물든 담장
사뿐사뿐 넘는 발자욱

그 향기에 취해
찬바람 여민 가슴

멍울진 그리움
톡톡 터지는 소리

긴 겨울
벗고 있나 보다.

고백·5

언젠가부터
진한 보고픔이 울렁임으로
변해 가고 있다는 것을
느꼈어요

곧게만 걸어가다
살짝 돌아가는 길이 도리어
여유로울 수도 있다는 것도
알았지요

무엇보다도
당신이 마음속에
살고 있다는 것을
읽었을 때

내 안에선
이미
사랑이 시작되었다는 것을
알게 되었어요.

고백·6

터벅거리는 시간
보듬은 채
걸어가는 그 자리

웃자란 햇살처럼
홀로 영근 사연 앞에
가만히 터지는 향내음

핑그르르 그리움 모아
오늘만큼은
그 그물에 걸려들고 싶어라.

고백·7

향내음 상큼한 그 유혹
짜릿하게 열어젖힌 날

환희로 부푼 가슴
어찌할 줄 몰라

진한 커피잔에
콩닥거리는 설레임 저어 놓고

여민 아쉬움
애써 눌러 둔 채

발그레 흐르는 순정에
연꽃처럼 피어나는
깊은 눈물 훔치며

오늘을 걸어두고픈
아련한 수평선 위에
그저 서 있다.

콩나물콩

컴컴한 침묵 속에서
구름길 비집고 달리는 달의 속도처럼
황급히 팽창되는 나를 느끼던 그 날
맑은 하늘에 내린 소낙비처럼
메마름 위로 쏟아진
그 환희의 진통
음표 단 음률을 타며
가느다란 돌기까지 스며드는
그 너울거림의 추임새
빽빽하게 빠져 버린 물소리에
황홀함으로 숙성되어 갔다
똑똑 떨어지는
은은한 여운
그 촉촉한 기운은
기지개 펴듯 꼿발 세워
쭉쭉 키 늘리며
이웃과 어깨동무하고서
오직 한 길 향해

가슴에서 가슴으로
한 방울의 온기까지 나누며
촘촘히 차오르는 호흡
그 이정표를 세운다
검은 하늘 열어젖히는 그 날까지.

나의 오월

솔숲 비집는 동살 빛에
게슴츠레 뜬 눈 비빈다
자욱한 안개가
두 팔 쭈욱 기지개 켤 때쯤
샛별 아롱진 몸빼바지에
호미자루의 일상이
가뭇이 흐른다

바람 멎은 허공 저만치
무심코 채인 발끝에 찢긴 날
가만히 차오르는 한 날의 그리움
저 하늘에 좌정하고 있다

달빛 고인 잎새 뒤에 남기고 간
침묵 속의 맑은 여운
묵묵히 걸어가는 오늘

팽팽한 기억

질어가는 나이테로 두르며
빨라지는 초침 소리가
나를 조율해 간다.

봄날의 문장

우두커니 챔질하는 커튼 사이로
볕 물든 오후

사각사각
이빨 자국의 크기만큼 좁혀져 가는 초록 세상
그 꿈틀거리는 소리에 긴 호흡 삼킨다

앙상한 줄기 사이로
그물 엮듯 한 뼘 한 뼘 자라온 날들
온몸으로 꽁꽁 동여매던 시간
가만히 만져 본다

튀는 핏톨 같은 내 안의 생생한 무늬
미동도 없이 붙들고 있는
저 연갈색의 몸통
옹이진 시간 훨훨 비우고서
부서질 듯한 주름 사이로 기억들이 올올 스며든다

지나온 한철
넘겨지는 달력 사이로 부는 실바람
나를 벗고 차오르는 새하얀 날갯짓
한적한 길가에 살포시 내려앉는다.

압록강 단교(斷橋) 앞에서

붉은 깃발 치켜든
발자국 소리가 쿵쿵

이쪽으로 흘러드는
비밀 하나
이따금씩 술렁댄다

밀려오던 그 함성이
뚝 떨어져 버린 거기

높푸른 저 하늘
여전히 침묵으로 속삭일 뿐
외로움처럼 알 수 없는 서러움에

동강 나 버린 시간은
앓는 허리 움켜쥔 채
웅얼거리고 있다.

시 창작

닳아져 버린 달빛 걸치고
헐렁하게 서 있는 허수아비
그 무엇도 잡히지 않는
컴컴한 체온 저만치
어슴푸레 비치는 소낙별처럼
웅얼웅얼 온기 여민다

곱아진 등줄기로 스며든 낯선 어휘에 취해
초침 소리에 숨어든 어느 봄날의 여운 하나
투벅투벅 걷는 발자욱 위로
흐르듯 떨어진다

여염집 담벼락 아래
서러운 날들의 봄망울
가만히 내린 햇살 쭈뼛거리다
넘고 넘은 날들은 긴 문장이 되어
바람 멎은 빽빽한 터널을
빠져나온다.

만주 동북 땅

1
그 무엇도
잡히지도 잡을 수도 없는
끝없는 저 벌판

고요의 저 아득함
붉은 햇살 눌러쓴 채
그저 잠잠하다

적조 낀 수면이 하늘에 맞닿을 듯
모여든 강내꽃들이 소리 없는 바람에 갇혀
표정 없는 정적만 줄지어 서 있다

2
삼족오 깃발 휘날리며
웅장한 협곡 비집고 몰려오는
회오리라도 잠재울 듯

맞바람에 활을 쏘며
물빛 하늘에 흙먼지 휘감던
등등한 말굽 소리

그저
아련하다

언젠가부터
아무것도 심을 수 없는
저 허허로움 앞에

저무는 갈대 울음 삼키며
뚝뚝 떨어지는 땀내음처럼
울 수 없는 서러움 고였다

풍랑에 뒤엉켜진 그물처럼
얽혀버린 헛기침에
차마 눈을 감는다

3
연향처럼 피워 올린
아릿하게 젖은 세월

공허 안에 휘돌던 무언의 외침은
속삭이듯 걸어와
기나긴 시간을 사슬처럼 엮었다

우주의 정적마저 터져 버린
치우의 깃발
그 붉은 함성

허공에 이는 초혼 잠재우며
능선 넘는 범종의 울림처럼
이 아침 깨우며
온 세상 울리고 있다

둥
둥
둥.

오월 동산

베어져 버린 시간
아련한 기억 저 너머에서 들려오는
푸른 절규 한마디

짓이겨진 침묵이
깊은숨을 쉬는 곳

찬란하게 얼어붙은
그날의 햇살을 열 가락 손톱으로 긁으며
울음 우는 가슴 부르르 찢었다

쨍쨍한 한낮의 천둥소리에
벌떡 일어서는 혼불의 넋
그 함성을 저 하늘에 묻고

붉은 산천에
우수수 떨어져 내린 꽃비의 혼백처럼
훠이훠이 맴도는 오월의 나비떼.

한실 문예창작 문우들의 작품집

오늘의 詩選集 Series

오늘의 詩選集 제1권

화장을 지우며
강만순 지음 / 144면

오늘의 詩選集 제2권

또 한 번 스무 살이 되고 싶은 밤
김숙희 지음 / 160면

오늘의 詩選集 제3권

사랑의 빈자리 될까 봐
박완규 지음 / 144면

오늘의 詩選集 제4권

유모차 탄 강아지
김미경 지음 / 112면

오늘의 詩選集 제5권

이 환장할 봄날에
신점식 지음 / 176면

오늘의 詩選集 제6권

작아지고 싶다
주경희 지음 / 176면

오늘의 詩選集 제7권

가을은 어디나 빈자리가 없다
전금희 지음 / 176면

오늘의 詩選集 제8권

쓸쓸함에 대하여
이후남 지음 / 176면

오늘의 詩選集 제9권

바람이 열어 놓은 꽃잎
문재규 지음 / 220면

오늘의 詩選集 제10권

단 한 번 사랑으로도
이호근 지음 / 176면

오늘의 詩選集 제11권

할 말은 가득해도
최승벽 지음 / 176면

오늘의 詩選集 제12권

비밀 일기
박봉은 지음 / 176면

오늘의 詩選集 제13권

꽃만 봐도 서러운 그날
한실 문예창작 동인지 제8집

오늘의 詩選集 제14권

마냥 좋기만 한 그대
최기숙 지음 / 176면

오늘의 詩選集 제15권

풀꽃향 당신
김영순 지음 / 176면

오늘의 詩選集 제16권

유리인형
박봉은 지음 / 176면

오늘의 詩選集 제17권

보고픔이 자라고 자라서
한실 문예창작 동인지 제9집

오늘의 詩選集 제18권

첫사랑
김부배 지음 / 176면

오늘의 詩選集 제19권

나는 매일 밤 바람과 함께 사라진다
박덕은 지음 / 240면

오늘의 詩選集 제20권

오늘도 걷는다
유양업 지음 / 176면

오늘의 詩選集 제21권

내 사람 될 때까지
전춘순 지음 / 176면

오늘의 詩選集 제22권

처음 사랑
한실 문예창작 동인지 제10집

오늘의 詩選集 제23권

당신에게·둘
박봉은 지음 / 176면

오늘의 詩選集 제24권

그 누가 다녀간 것일까
전금희 지음 / 206면

오늘의 詩選集 제25권

한 잔 술에 가둘 수 없어
이후남 지음 / 164면

오늘의 詩選集 제26권

그리움 머문 자리
이인환 지음 / 176면

오늘의 詩選集 제27권

사랑의 콩깍지
김부배 지음 / 176면

오늘의 詩選集 제28권

사랑은 시가 되어
최길숙 지음 / 176면

오늘의 詩選集 제29권

그리움이라서
이수진 지음 / 176면

오늘의 詩選集 제30권

그리움 헤아리다
배종숙 지음 / 176면

오늘의 詩選集 제31권

아직 끝나지 않은 이야기
장헌권 지음 / 176면

오늘의 詩選集 제32권

마냥 좋아서
한실 문예창작 동인지 제11집

오늘의 詩選集 제33권

그리움의 언덕에 서다
김부배 지음 / 176면

오늘의 詩選集 제34권

사찰이 시를 읊다
이수진 지음 / 176면

오늘의 詩選集 제35권

그대는 나의 누구인가
한실 문예창작 동인지 제12집

오늘의 詩選集 제36권

사랑은 감기몸살처럼
박봉은 지음 / 176면

오늘의 詩選集 제37권

그때는 몰랐어요
정주이 지음 / 176면

오늘의 詩選集 제38권

몰래 한 사랑
조정일 지음 / 192면

오늘의 詩選集 제39권

여백의 미학
한실 문예창작 동인지 제13집

오늘의 詩選集 제40권

이 환장할 그리움
김부배 지음 / 164면

오늘의 詩選集 제41권

지금도 기디릴까
유양업 지음 / 166면

오늘의 詩選集 제42권

사랑하기까지
한실 문예창작 동인지 제14집

오늘의 詩選集 제43권

나에게로 가는 길
전예라 지음 / 176면

한실 문예창작 동인지

한실 문예창작 동인지 제1집
『한꿈』

한실 문예창작 동인지 제2집
『한꿈』

한실 문예창작 동인지 제3집
『당신의 쓸쓸함은 안녕하십니까』

한실 문예창작 동인지 제4집
『목련은 흔들리고 있다』

한실 문예창작 동인지 제5집
『그래도 한쪽 가슴은 행복합니다』

한실 문예창작 동인지 제6집
『좋은 걸 어떡해』

한실 문예창작 동인지 제7집
『아직도 사랑인가 봐』

한실 문예창작 동인지 제8집
『꽃만 봐도 서러운 그날』

한실 문예창작 동인지 제9집
『보고픔이 자라고 자라서』

한실 문예창작 동인지 제10집
『처음 사랑』

한실 문예창작 동인지 제11집
『마냥 좋아서』

한실 문예창작 동인지 제12집
『그대는 나의 누구인가』

한실 문예창작 동인지 제13집
『여백의 미학』

한실 문예창작 동인지 제14집
『사랑하기까지』

오늘의 수필집 Series

오늘의 수필집 제1권

그곳 봄은 맛있었다
최세환 지음 / 288면

오늘의 수필집 제2권

바람 따라 구름 따라 별빛 따라
유양업 지음 / 288면

개별 작품집

고목나무에 꽃이 핀 사연
김영순 시집

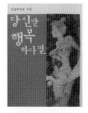

당신만 행복하다면
박봉은 제1시집

시가 영화를 만나다
장헌권 시집

한가한 날의 독백
고영숙 시·산문집

세월이 품은 그리움
김순정 시집

백지 퍼즐
신명희 제1시집

늘 곁에 있는 다른 나처럼
정연숙 시집

당신
박덕은 시집